歌集

# 20÷3

小林 理央

Rio Kobayashi

角川書店

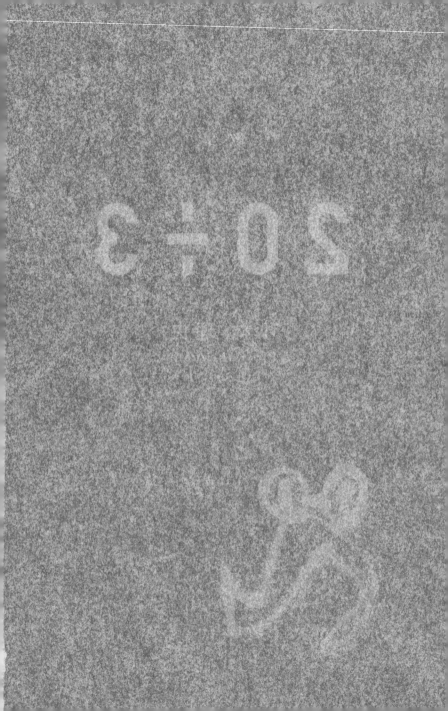

20÷3　目次

題字　野老朝雄
装画　小林理央
装幀　佐藤俊一

# 歌集　20÷3

小林理央

２００５年度（保育園年長組）

## さる

さるがさる　さるといっしょに　りおもさる
あとにはなにも　のこっていない

そらきれい　はなびたいかい　べらんだで
みんなえがおで　たのしくみてる

もうすぐね　がっこうなんだ　たのしみだ
ともだちいるか　しんぱいなんだ

## カウアイ

うみのなか　りおはいったよ　ふかいとこ
たのしかったよ　またいくんだよ

カウアイに　なまこがにひき　いたんだよ
すごくくろくて　うんちみたいだ

りおのはら　もういたくない　よかったな
これからすぐに　プールにいくよ

えみちゃんと　よるのさんぽは　たのしいな
ほしがたくさん　ひかってたんだ

カウアイの　コンドミニアム　たのしいな
またこんどくる　みんなそろって

2006年度（小学校1年生）

ひなんくんれん

もうすぐね　にゅうがくしきだ　たのしみだ
じゅういちにちだ　もうすぐなんだ

さくらはね　もうちっちゃった　さびしいな
だけどらいねん　またさくんだよ

がっこうに　ランドセルをね　しょってくよ
ちょっとおもいの　でもがんばるよ

がっこうで　ともだちたくさん　できたんだ
クラスのみんな　ともだちなんだ

なめくじは　みんなにきらわれ　かわいそう
かわいいのにね　なんでなんだろ

がっこうの　一Bにはね　めがねをね
かけてるこども　三にんいるよ

きょうはね　ひなんくんれん　したんだよ
ぼうさいずきん　かぶってにげた

がっこうで　うさぎかってる　なまえはね
プッピーという　くろしろもよう

たなばたのよる

あじさいの　はなびらいくつ　あるのかな
はなとはなとが　くっついてるよ

たなばたの　よるにぬけたよ　まえばがね
いたかったんだ　まだまだぬける

よるごはん　いつもきまって　こんさいが
でてくるんだよ　だいこんはくさい

えみちゃんが　春まきのかわ　かいわすれ
でもおつかいに　いきたくないな

ラーメンで　はじめてたべる　ねぎラーメン
どんなあじかな　おいしいかもね

きのうのね　おひるごはんで　はがぬけた
三本めだよ　まえばなんだよ

## カーテン

カーテンが　かぜといっしょに　あそんでる
たのしそうだね　リオもあそんで

とけいはね　じかんがすすむ　おもしろい
くるくるまわる　いそがないとね

空ピンク　くもはむらさき　日がしずむ
とりがたくさん　とんでいるんだ

マンションの　ちゅうしゃじょうで　かまきりが
ひかれていたよ　もう冬なのに

ほしのすな　ひかっているよ　なげてみる
そしたら空の　ほしになるかな

# ひきざんたしざん

二がっきは　かかりをかえる　せきがえも
なんだかすごく　わくわくどきどき

二がっきは　ひきざんたしざん　ふたけたで
むずかしいんだ　でもがんばるよ

学校で　じゅぎょうさんかん　あったんだ
ママがみてたよ　すこしてれたよ

かん字はね　むずかしいのが　あるんだよ
たとえば勝つとか　負けるとかだよ

八十字　ぜんぶならった　一年の
さいごにならった　かん字は音《おと》だよ

# ２００７年度（小学校２年生）

## いのちあるもの

はがぬけた　六本目だよ　いたかった
くるくるポロッと　きれいにぬけた

ゴキブリが　ふみつぶされて　しんでいた
きらわれてるけど　いのちあるもの

月の中　うさぎいるかな　おもちつき
しているのかな　たぶんしてるよ

あきあかね　いっぱいいっぱい　とんでたよ
指にとまるよ　休んでいるよ

法事した　おきょうをずっと　聞いていた
ねむくなったよ　でもがまんした

さかあがり　高いてつぼうで　できたんだ
一回だけだ　すこしかなしい

もうすぐだ　グラグラグラグラ　抜けそうだ
前歯の横の歯　七本目だよ

ワイメア

スイスイと　うみがめ泳ぐ　ママとリオ
どんどんおよぐ　深いところに

アザラシが　おならをしたよ　プププッて
パパにつづいて　おならのがっしょう

気もちまで　フワッと空に　上がってく
そんな気がした　気球にのって

うみがめが　ワイメアベイの　海のそこ
とぶように泳ぐ　すいすいすいと

2003.9.21　カメ

# 2008年度（小学校3年生）

# ダンゴムシ

ダンゴムシ十四本も足があるクルッと丸まる「ぼく　ダ・ン・ゴ・ムシ」
緑色それに黄色がひろがって菜の花たちの春がはじまる

さんしょうにぽつんと小さいひとつだけ水晶みたいアゲハのたまご

くねくねとアオスジアゲハのよう虫が黄緑色してくすの葉かげに

梅雨入りであじさいの出番やってくる雨のしずくでキラリ花咲く

キラキラと花びらの上でかがやくよむらさき色の小さなしずく

# 入道雲

もくもくと入道雲だ夕立ちだ真夏の暑さふきとんじゃうな

夕焼けで今日の一日さようなら海がキラキラまっ赤に染まる

ハワイまで勉強たちが追ってくる百ます計算漢字検定

大ヒット公開中のポニョの歌ポーニョポーニョポニョみんな歌ってる

# 魔女

秋の風ささっと横を通りぬけ私のかみの毛みだしていった

紅葉は秋の知らせをもってくるグラデーションで山を染めてく

どこにでもするするすると巻きついてまっ赤に染まるつたの葉っぱは

クラス中おばけや魔女でいっぱいだ先生だって魔女になったよ

いちょうの木下歩くときどの人もさっさかさっさかかけ足になる

ヘビのぬけがら

チョウやガが姿を消した秋の森どこにかくれて冬を越すのか

竹ぼうきせっせせっせと動かせば枯れた葉っぱの細長い線

遠くから風といっしょにやってきた風花の旅「冬がきたよ」と

ヤーキイモ窓の外から聞こえてるあったかそうだねおいしそうだね

お年玉今年はいくら集まるかヘビのぬけがらにお祈りしよう

三学期ドッチボールの大会が冬のさびしさすっかり消すよ

彼岸前ヘビの子ちょっと顔出してあわててもぐる「まだまだ寒い」

春が来た春一番がつれて来たコート・フリース脱がせてくれる

地面からポツンとひとつ芽を出したフキノトウの子小さな緑

ふんわりと家のまわりをつつみこむ春のお日さま優しい香り

お日さまの光がだんだんやわらかくなってきてるな春の知らせだ

# ２００９年度（小学校４年生）

## 春の匂いの雨

ザーザーと歩くわたしの足ぬらす春の匂いの雨ふってきた

ブランコをゆすってゆすって空をとぶ桜の花が横で見ている

音符たちおたまじゃくしがにょろにょろと作曲している春のお池で

キセル貝細い体に細いから白菜の葉をパリポリかじる

雑草のあいだに小さな白い花一輪だけのヒメジョオン咲く

20÷3

満月の白い光が海の上あしたへつづくそんな気がした

どこまでもただ続いてく夜の海見わたすかぎりすいこまれそう

さみしくて泣きそうなとき勉強で気をまぎらわす２０÷３

真っ青な海を両手ですくったら透明な水指から逃げた

大みそか

柿の音サクサクサクサクと岐阜からの旅の話をしているように

鈴の音が遠くで聞こえるクリスマス頭の中でリンリン響く

プレゼントもらえる人はどのくらい？　年齢制限本当にあるの？

頭さげシャコバサボテン生きている二十年間咲いてしぼんで

通るたびシャラララララン音がするシクラメンにはピンクの鈴が

ぽっかりと満月うかぶ大みそか一年最後にぴったりな空

プールでは家族みんなで鬼ごっこおもちを四つ食べた正月

2003.8.24　あさがお

# ２０１０年度（小学校５年生）

## 四月のみぞれ

カレンダーの端の分数　ひと月の日にちが溢れて二人ひと組

屋根のないバス停留所にバスが来た暖かいバス四月のみぞれ

道ばたのポストの口は今までに何回手紙を迎え入れたの

人間の第三の手はもしかしてケータイいつも肌身はなさず

まず一口飲むと気持ちがおだやかに宿題すすむ深むし煎茶

どこにいても耳ふさいでも聞こえてる周りの空気呼吸する音

人生は「ゲーム」なんだとカッコつけ結局負けたらどんな顔する

ミカンの葉うにうに動く幼虫の世界はシャーレもうすぐ引っ越し

もごもごとアゲハの幼虫脚うごくレンズの中はアリスの世界

アスファルトの小さいたんぽぽがんばれとお日さまも雨も応援歌うたう

銀色のすじしっかりと残してくカタツムリでもたしかな一歩

## 猛暑の階段

おみこしがまつりの出番を待っている朝日がさしてさあ今日がきた

くすの木の葉っぱにまじって下りてきたアオスジアゲハ夏のプール色

日の光反射してピカッ虹色のトカゲが走る猛暑の階段

虹色で光ってるしっぽ見つけたらトカゲの家にそっともどそう

土の中孵化して育って七年間わたしの部屋の網戸で羽化した

公園の地面の一部は真っ黒で蟬の死がいに群がる蟻たち

ピンセット代わりに枝で始めようセミの解剖「まずは頭だ」

引き抜いた小さな刀でいまにでも向かってきそうなゴマダラカミキリ

食べ残したスイカの皮にカミキリは鋭いあごでぐっと食いつく

## ペンギンの夢

水中を飛び回ってるペンギンの夢はいつかは空をとぶこと
スコールがすっぽり包んだグアム島今日一日を洗濯してる

キノコ雲一瞬にしてふくらんだ小さなしいたけ空を見上げた

本棚の中に詰まっているものは知識と言葉と別の世界だ

一冊の本の世界を一ページ一ページずつ大事に読もう

幕末を駆け抜けた龍馬耳もとでささやきかけてきた写真展

しき布団かけ布団出し日にあてた途端に震度４の揺れ来た

## 粉雪

湯気の立ついちごの香りのホットティーそびえたつ冬丸ごとのもう

粉雪は手袋の中でしぼんでくなかなか見えない本当の色

プスプスと冷たい体に穴があく冬の空気が針さしてくる

ゆっくりと近づいてきた冬坊主ビュウウビュウウウ雪まきちらす

鉄棒になわとびひとつかけてある冬の公園木々も眠って

さわさわと風と遊んだ思い出は私の中の六歳の春

# 2011年度（小学校6年生）

灰色の小さな猫

被災地でさなぎ羽化したナミアゲハ飛び立ってってった青い空へと

日だまりで洗濯バサミはぶらさがり春の匂いでタオル乾かす

葉脈に沿って歩いているように尺とっているシャクガの幼虫

草たちが太陽の光はね返し踊って遊ぶ日がやっときた

足だけが異常に長いザトウムシ網戸のすきま抜けて飛んでく

灰色の小さな猫の灰色の瞳の奥に秘めた虹色

洗いたての黒い車に寝そべってみどりの目玉の黒猫二匹

黒雲が低いところにくる季節汽笛の音も重く聞こえる

大雨は空の涙で突風は空のため息あしたは晴れだ

窓からの風ではばたくリビングでつりさげられたジャングルの鳥

## 初めて見る空

人間が生まれて初めて見る空とさいごに見る空おんなじ青かな

うそをつく生き物は人間だけという意味の深さがすこし分かった

どうしても伸びない記録五十走だれのせいにもできない私

旧友に友人　友達　大親友　友はたくさんかくれていたよ

いくらでもある逃げ道に迷ってるあいだに鬼につかまっちゃった

一度闇にはまったらもうずぶずぶと沈む底なし沼のパソコン

真新しいメモ帳開き考える1ページ目には何をかこうか

ケータイはメールも電話も中休みハガキを出しにポストに歩く

一本足で雨にも風にも負けないで立っている箱手紙を食べて

タスマニア広いひろい牧場に風の口笛通り過ぎてく
（海外研修旅行にて）

2003.8.24　ひまわり

# ２０１２年度（中学校１年生）

アップルミント

思いきり深呼吸してみたい朝アップルミントをサラダに添える

ネマトーダ畑の下で働いて陰でがんばるトマトが実る

悲しみは積もり積もってでもいつか飛んでいくから人は生きてる

楽しみは漢字にすれば悲しみと一字違いのとなり合わせだ

芝生には飴のかけらのような露お日さまがなめたらスーッと消えた

一瞬だけ輝きやがて消えていく初めて虹の下をくぐった

にわか雨庭で震えるレタスたち今なら作れる雨の香サラダ

## 鉢植えのクモ

世界中を震撼させた驚きはわたしの庭の鉢植えのクモ

ゴキブリも縄文時代は愛されていたかもしれないそうかもしれない

ザトウムシ棲みかは薪置き場です仕事は毎日生き抜くことです

ミカンの葉アゲハの幼虫つの出した　ニヤッと笑ってこっちを見てる

住む場所をじりじり人に追い出されアオダイショウの棲みかは土管

窓に貼る手足とお腹雨あがり何気ない顔で必死のヤモリ

カルピスがたくさん売れて鳴いていた蟬スズムシに場所明け渡し

## 幸福な午後

空に向けひろげた枝葉子どもたちの声あび育った大樹すずかけ

音楽のテストのうらに描いた絵はト音記号が楽しくおどる

下一段「ぜぜぜるぜるぜれぜろぜよ」早口で国語の時間はラジオになろう

地理の授業終わったあとは何見ても大笑いできる幸福な午後

この世界のはては大きな滝なんだ信じてた五歳懐かしいなぁ

豆電球電子天秤電子顕微鏡　理科教室に「電」は不可欠

あくび出て眠りの国に連れて行く閉じる閉じないまぶたは奮闘

マスクして手洗いうがい厳重にそれでもうつった大あくび病

烏丸御池（京都旅行にて）

あかずの間なぞの間むかしの怨念は今に残って烏丸御池

キュウキュウとうぐいす張りの床鳴らし大政奉還決断の場所

十円玉に極楽浄土描かれて身近なところに隠れた浄土

December

とぶようにページめくられダイアリー December の D に突入

歳をとることはいやがる人間が年明けるのを盛大に祝う

夜のまち光あふれる商店街　闇を抱えて歩く人々

蛾の幼虫まゆにくるまるその季節わたしは白い毛布にくるまる

なぜだろういつもは録画しているのに最終回だけ忘れる法則

被災地の時計はいつも「二時四十六分」止まったままで降りつもる雪

電線のカラスの影が１・２・３大股散歩で今日は立春

古い服引き出しの奥にしまわれて値札ついていてたころ思い出す

# 2013年度（中学校2年生）

Thirteen

窓枠という名の額にふちどられ「春」という名の絵は伸びをする

Thirteen　恰好つけて言ってみる自分にちょっと照れてしまった

春だからシャーペン手に取り脚を組みI am a writer　メガネを上げる

チョコレートぽんぽん口に放り込みあとから脳へ届けと願う

二時間目の数学が楽しかったからゴシック体でメールを打とう

えんぴつと本のあいだをすり抜けて逃げてしまったあのシャープペン

一発で「シュート決まった」喜びは天井やぶって跳び上がりたい

学校は門を開けたら朗らかな声が飛び出すびっくり箱だ

中学で念願の髪型はじけてるポニーテールはその代名詞

パレットの絵の具に白も混ぜ込んではっと見上げた空はほのぼの

先生の声響きわたる教室の空気はピリピリ電気帯びてる

天井から吊り下げられたモビールは健気に揺れて存在主張

## 世の中の矛盾

世の中の矛盾を探しその一は「存在しないもの　存在しない」
もも太郎流れてきたのは川からで一寸法師は川から旅立つ

喜びも不満も怒りもわがままも皆荒れ狂うギリシア神話

ピーナッツバターの蓋があかなくてねっころがると空に虹あり

鳥のように空飛びたいと人間の願いは叶って叶って落ちた

動物たち数字にこだわる人間を見て笑ってる　かもしれないね

世界中で花火を一度に打ち上げてほんとの平和の光を見たい

アサガオが咲く前の日のベランダをぼんやり見ていたゴーヤを食べた

大空を真っ二つにして飛んでゆく飛行機きっと夢を抱えて

ぬか床の中

「木から毛虫が落ちてきます」と注意書き　毛虫だってさ落ちれば痛い

水槽に飼われた金魚の幸せは世界の悪を知らない幸せ

赤とんぼ夕焼け空を切り取って交差点のカラスに届けに行った

ゴキブリの別名「アレ」は本名より恐いと言ってもママは聞かない

ぬか床の中に埋もれているような月だね今日はかさ被ってる

泣きたいと思ったときに泣けなくて泣きたくないと思えば泣ける

かみ合わない会話

でもだってしょうがないじゃん　だってでもテストが難しすぎただけじゃん

体育のあとの教室汗のにおいシーブリーズの匂いが満ちる

録画してとっておきたいそんな夢三時間目に思い出し笑い

地球儀を逆方向に回したらも一度あの日にもどれるのかな

メール打つテスト前日逃げを打つテストの結果は場外ホームラン

問題と顔つき合わせ迷うよりちょっと横向き並んで歩こう

かみ合わない会話のあとに浮かんでる言葉のパズルはぴったりはまる

学校で先生と衝突したあとは怪しい雨にぬれてみたいな

おしゃべりのすきまをぬって悩んでるこれがわたしの中二生活

## 漂う隕石

雪の後まぶしい青い空だけどどんどん溶けてく雪さみしそう

雪の色何色かって聞かれたら白と答えない人になりたい

何もない宇宙に漂う隕石は地球の仲間になりたくて来た

宇宙からたまたま地球に落ちてきたその隕石はどこかさみしげ

送信のボタンの上の親指が押すのをためらいまた読み直す

送信中の画面見ながらああ書けば良かったといつも後悔するんだ

人間が分かる未来は一つだけ「死」だからこそ楽しく生きる

割られても掛けても0はずっと0見える未来も永遠の0

十四歳　四捨五入して十になる最後の年になっちゃった今日
生きる意味聞かれたら困ってしまうんだ今歩いてる最中だから

２０１４年度（中学校３年生）

## 本

この本に全てがつまってるわけぢやないだから私が続きを生きる
（歌会始詠進歌）

好きだった本の主人公の年齢を追い越していた十四のわたし

五年前ノートにメモした字を見つけ微笑んでいられる自分になった

寝転んで網戸越しに見るこのまちの明るすぎる灯がちょっとかなしい

町猫のユウタはいつもジャンプする油の中のパン粉のように

じゅうたんに寝そべり天井のしみを見る数学できない時によくやる

「木に生まれて嫌だと思ったことはある」人間を見てＮＯと木は言う

悔しくて地団駄踏んでクッションを投げたあの日はたしか晴れてた

## 七十億分の一

新しい服だとか髪切ったとか気づかないんだ君近すぎて

馬が合う私と君は七十億分の一の確率で出会えたらしい

ネクタイの制服いいなと思いつつリボンを結ぶやっぱりこれだ

両隣友の気配を感じとり自分の脈拍だまって数える

成長と共に重さが変わってく「約束」のことば変わらないまま

自転車のペダルを踏めば進んでくれただそれだけで嬉しい季節

下を見て奥歯をかんで泣いたあと空見て笑おうその何倍も

朝練のにおいがしみた教室に運動会の季節近づく

地面蹴る足の多さを見つめてる体育祭の空白のとき

かなへびの長いしっぽを見つめてるチャイムが鳴って催眠とけた

学校生活マルだらけなんてありえない今だけだから好きに過ごそう

今日もまたなまあたたかい風が吹く地下のレールは渋谷まで行く

前を行く人の背中が広く見え追いつくよりも追い抜きに行く

相対性理論てほんとその通り逆にしてってって切実に願う

地球って丸いから前にあるものが後ろにあるって言えるんだよね

十四の夏

溶けだしたアイスのしずく地に落ちてわたしの夏が今動き出す

せっけんのはじける泡を流してるようなさみしさ十四の夏

夕立に濡れてみたいというよりは私が夕立になって降りたい

今までを過ごした時間は今どこにしまってあるの　たぶん心に

ことばでは伝えられないことがあるだから猫ちゃんおひざへ　おいで

じゅうたんの毛のすき間から顔を出すヤモリの子供は隠れてるつもり

朝ドラを見ている暇があるのなら勉強しろし　こぴっとやるか

嫌だなあ雨が降ってる新しいくつ手に持ってはだしで行きたい

洋服のかぎ裂き見つけたかなしさはちょっと笑っちゃうようなさみしさ

大人にはなりたくないし子供とも思われたくない今を飛びたい

## 懐かしい朝

コスモスの匂いが鼻をくすぐって見えない秋が挨拶回り

お星さま消えちゃったのと泣いた朝遠く悲しく懐かしい朝

特に何も考えているわけじゃない声が出ないよ星を見てると

悲しいが悔しいに変わる瞬間に飛び立つからさ地面を蹴って

思い出すとふるえる程になつかしい記憶だからね匂いでわかる

お土産にもらった星の砂のビン今日も机に虹つくってる

食堂のココア飲む窓の外側で風立ち上がる季節が見えた

日記帳わたしの紡いだ物語開く嬉しさ少しのスリル

なんでもない顔で座っているけれど誕生日なのちょっとにやける

## 静電気

夜に飲むココアの味は柔らかく進行形がふっとゆるまる

冬のあいだ追いつけなかった強い風　今は並んでボール蹴ってる

一ミリもたるんだところのない空気ゆきの直前ねこ丸くなる

ニット帽脱ぐ時起きる静電気弱くなってる春が来たんだ

春休み寝ても覚めても眠ってるどの学年にも属さない日々

2003.9.21　速いバス

## あとがき

この歌集は、私、小林理央の五歳から十五歳までの歌をまとめたものです。人間として劇的に変化した十年間を、短歌という普遍的なフォーマットで記録したものである、ということがこの歌集の特殊かつ面白い点だと思っています。

タイトルは、小学校四年生のときに詠んだ「さみしくて泣きそうなとき勉強で気をまぎらわす２０÷３」から取りました。自分では何気なく詠みこんだ２０÷３という数式でしたが、思いがけず多くのおとなに評価され、少し戸惑いながらも嬉しかったことを今でも覚えています。思えばそれ以降、周りの人からの自分の歌への感想や意見が短歌を続けるモチベーションの一つになっていきました。

私が短歌を続けてくることができたいちばんの理由は、一緒に歌を詠む仲間がいたことです。小学生の頃から月に何度か集まって歌を詠んでいました。そこでは現代歌人の歌を読んだり、お題を決めて意見を出し合ったりもして毎回とても楽しい時間を過ごしました。その環境を作ってくれたえみちゃん（祖母）、鐸木經彦さん、夏帆、江連れいこさんには深く感謝しています。

本書の出版にあたっては角川文化振興財団の『短歌』石川一郎編集長、吉田光宏様にお世話になりました。題字や装幀は父の友人である野老朝雄さんと佐藤俊一さんにご協力いただきました。栗木京子先生には帯の推薦文をいただきました。ありがとうございました。

敢えて「第0歌集」としたのは石川様のアイディアです。近い将来「第一歌集」を出せるよう、これからも歌を詠み続けていきたいと思っています。

令和元年九月十六日

小林理央

## 著者略歴

小林理央（こばやし りお）

1999年、東京生まれ。
私立東京女学館小学校～高等学校卒業。
現在、早稲田大学文学部在学中。

祖母の影響で５歳から短歌を始める。中学３年時に、「歌会始」入選、「NHK 全国短歌大会」ジュニアの部・大賞（小学校４年時に続き２度目）、「NHK 短歌」年間大賞（永田和宏賞）などを受賞。

中学卒業後は、第45、48回「現代歌人協会・全国短歌大会」で学生短歌賞（2016年、2019年）、第８回「角川全国短歌大賞」（2017年）の自由題部門で準賞（最年少受賞・16歳）、第10回「角川全国短歌大賞」（2019年）の自由題部門で大賞などを受賞。

歌集　20 ÷ 3　にじゅうわるさん

2019（令和元）年10月25日　初版発行
2019（令和元）年11月20日　２版発行

著　者　小林理央
発行者　宍戸健司
発　行　公益財団法人 角川文化振興財団
〒102-0071 東京都千代田区富士見1-12-15
電話03-5215-7821
http://www.kadokawa-zaidan.or.jp/
発　売　株式会社 KADOKAWA
〒102-8177 東京都千代田区富士見2-13-3
電話0570-002-301（カスタマーサポート・ナビダイヤル）
受付時間　11時～13時／14時～17時（土日祝日を除く）
https://www.kadokawa.co.jp/
印刷製本　中央精版印刷株式会社


ISBN978-4-04-884306-5 C0092